# 妙探鬼靈偶

Spirit Detectives

## 01

─── 美術室的幽靈 ───

故事文字｜何肇康　　創作繪畫｜余遠鍠

目
CONTENTS
錄

# 人物簡介

## 周潔瑜

周氏集團的千金小姐，當紅女團成員，人見人愛的美少女。小瑜對一切事物都感到好奇，然而每次動腦筋都會立即昏昏欲睡。當她被阿鬼強迫調查時，感到既累人又苦惱……

## 諸葛泳璇

學生會成員，觀察入微，心思慎密，被稱為神探。有著小瑜所憧憬的智慧，然而卻因為洞察力過高，經常看穿同學的秘密，因此被人疏遠。

## 阿鬼

身份不明的失憶靈體，唯一特徵是穿著古服。阿鬼對現代事物一竅不通，但卻聰明絕頂，纏上小瑜後不斷強迫她與泳璇在查案上較勁，動機不明。

## 孫頌賢

靦腆害羞的視覺藝術班學生，不擅長待人接物，只喜歡獨自躲起來作畫。暗中是小瑜的超級粉絲，經常不自覺地流露出對她的愛意。

## 權叔

光頭校工，不時找機會躲懶，對同學態度惡劣，是學生們最不想遇上的人；話雖如此，權叔卻不敢招惹校內的名人泳璇及小瑜。

## 阿福

小瑜的忠心管家，健碩沉靜，外表雖然兇狠，內心卻是個溫柔的男人，對待小瑜有如親生女兒一樣。

# 第一章

# 美術室的鬼火

我就住在學校旁邊。

從家中浴室的窗往外一望，就能看到校舍。

這個距離使我又愛又恨。

愛，當然是因為每天早上都可以睡到最後一秒，才施施然離家回校，從不用擔心遲到。

恨，卻是因為下課在附近流連玩耍時，不時會遇到下班的老師，督促我回家溫習。

總的來說，家在學校旁邊……也許是利大於弊吧？

話題扯遠了——

我想說的是……大概一年前發生的事。

那晚我打遊戲打到深夜，被媽媽痛罵了一頓，唯有準備睡覺。

在浴室刷牙時，眼看著鏡中自己的倒影，

腦海卻依然浮現著遊戲內滿是喪屍的畫面⋯⋯

我不經意地望向窗外。

晚上的校舍空無一人，黑漆漆的，氣氛煞是陰森。

微弱的光，在一樓美術室內亮起。

然後瞬間滅掉。

咦⋯⋯

我看錯了嗎？

揉揉雙眼，聚精會神再望過去。

這次，我看得很清楚。

搖曳不定的橘紅色，那是一團小小的火光。

火光背後，似乎有張人臉——

嗚呀！

阿田說到這裡，忽然大吼一聲，嚇得身旁的眾人尖叫起來。

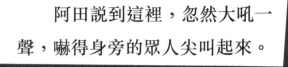

不單是身旁其他正在做著功課的同學，就連球場上正在練習的籃球隊隊員，也向著阿田這邊投來了怪異的目光。

「**那是真的嗎？**」一把陌生的女孩聲音插嘴問道。

「當然，以為我騙你嗎？」阿田自豪地回答，同時望向那個發問的女孩子。

然後，她與其他同學眼中都閃出了光芒——

亮麗的大眼睛、烏黑的長髮、清秀的臉龐……

那不就是周氏集團的千金小姐、炙手可熱的雜誌模特、當紅的偶像女團成員？為甚麼竟然出現在這裡？！

「你⋯⋯你是⋯⋯」阿田激動得說不出話來。

「呃⋯⋯我是⋯⋯」女孩站了起來，對著圍觀的同學們自我介紹：「大家好，我是剛來辦轉校手續的**周潔瑜**，明天將會正式上學。」

然後，她對眾人露出了偶像式的甜美笑容。

「可以跟你拍照嗎⋯⋯」同學們紛紛熱情詢問。

周潔瑜親切地答應，拿出電話逐一跟他們自拍，搞得籃球隊隊員都停下了動作，羨慕地看著這邊竊竊私語⋯⋯

就在他們愉快地自拍的同時——

「在歡迎新同學嗎？」

眾人把視線從周潔瑜，移到這個說話的女孩身上。

然後再一次，他們眼中閃出了驚訝的神色。

這個女孩一頭蓬鬆的長髮，手上拿著奇怪的羽扇，長得一副可靠的大姐姐模樣。

「是的……是的……」阿田戰戰兢兢地說。

然後，不知道為甚麼，同學們開始慢慢退開作鳥獸散，只留下了那個女孩以及小瑜；小瑜察覺，同學們應該有點顧忌她面前的這個女生。

「這裡雖然是名校，但很少有名人來到呢；同學們的大驚小怪，讓你見怪了。」她禮貌地與小瑜握了握手：

周同學，我叫**諸葛泳璇**；
歡迎你來到聖美心紀念中學。

「你好……」小瑜早就聽過她的大名：泳璇同樣是個網絡紅人，因為她不但是古代軍師諸葛亮的後裔，亦是著名的「聖美心神探」，曾經解決過校園甚至區內的不少案件。

**話說，你家的僕人也長得太兇了吧？**

泳璇望著小瑜身後不遠處，漫不經心地說道。

小瑜循著她目光望過去：胖胖的彭校長剛從校長室步出，緊隨著他的是個身材魁梧、穿著整齊禮服、長相粗獷的男人——正正就是小瑜的管家阿福。

雖然他惡狠狠的長相，經常被誤以為是壞人，但阿福其實是周潔瑜最忠心的管家。

「他就長得兇而已，阿福其實很友善的……」小瑜回過神來，瞪著眼向泳璇問道：

**你怎麼知道他是管家？**

「那不是很明顯嗎？」泳璇搖著手上的羽扇，以極快的語速對小瑜道：「你說自己來辦轉校手續，但是人卻在這裡，想必是有監護人代勞；令尊是個大忙人，我不覺得他有時間親自來這裡。而那個跟校長有說有笑的男人，穿著與外貌氣質毫不相稱的一身名貴禮服，多半就是你的隨身僕人了吧？」

泳璇連珠炮發的說完，聽得小瑜連連點頭；果然是神探，這個程度的推理，對她

來說只是小菜一碟吧。

這時，彭校長領著阿福回到了小瑜身邊。「哦？交上朋友了嗎？」彭校長向小瑜介紹道：「周潔瑜同學，泳璇是我們學生會的成員；要是遇到甚麼問題，可以向她請教呀。」

「嗯，隨時歡迎周同學。」

「泳璇，我還有點事要拜託你。」彭校長轉向泳璇道：「來校長室一下。」

泳璇向小瑜道別，然後就恭恭敬敬地跟著彭校長回了校長室。

「瑜小姐，我們也要離開了。」阿福指指自己的腕表：「不然趕不上舞蹈排練。」

小瑜聞言，洩氣地趴在枱上：她所在的女團每週都有排練，正好就在今天；為著轉校的事拆騰了整天的她，已經累得巴不得馬上回家倒在床上睡覺。

　　可是，她卻不能缺席排練，因此只能萬般不情願地把花俏的書包遞給阿福背上，然後懶洋洋地站起，領著阿福走向校門。

　　途中不少同學都向她行注目禮，甚至拿出電話拍照。可是，小瑜的心思全都放了在泳璇身上——

　　泳璇跟自己同樣是個容貌清秀的少女，卻有著自己望塵莫及的智慧；要是自己能成為她的伙伴，那該有多好呀！

　　小瑜心裡一邊這樣想著，一邊憧憬地望著泳璇的背影……

# 第二章

# 「學姐！你願意成為我的拍檔嗎？」

下課鈴聲響起時，小瑜伏在書枱上，感到頭殼幾乎都要冒出煙來了。

父親為了讓她更好地應付 DSE，動用了人際關係讓她轉來這所名校。

因為自己偶像的身份，不少同學甚至老師都對小瑜呵護備至，她一整天都受到恍如公主一樣的優待。

只是，今天才剛是轉校的第一天，她就已經感到課堂的壓力：一整天的課堂，使小瑜累得要命，腦袋昏昏沉沉的。

小瑜本來就不太擅長學習，對她來說，上課比起平日的表演排練更為累人，還好她鄰座那個英文名叫 Angel，中文名喚方嘉的女孩，很樂於解答她的問題。

「你還好嗎？」Angel 看到小瑜這副模樣，關切地問候她。

小瑜有氣無力地搖搖頭。

這時，幾個同班的女孩三五成群地圍了過來。

「周潔瑜同學……我們準備一起去玩……」其中一個看似是頭目的女孩，滿臉期待地問：「你想跟我們一起去嗎？」

「不好意思……」小瑜竭力從枱上爬起來，坐直身子：「我有點事要辦呢……你們去吧……」

然後，小瑜收拾好東西，與一臉失望的同學們道別後，匆匆離開了課室。

雖然恨不得立即回家睡覺，但是她還有個地方要去。

聖美心紀念中學的構造，與一般校舍雷同：共有五層，每層都有六個課室，兩個特別室；中四的小瑜課室在四樓，她的目的地就在上一層——泳璇所在的課室。

走進泳璇班級的課室時，這裡的同學們對小瑜的出現又驚又喜，都想走近與她合照。

可是小瑜卻沒有理會他們，只是四處張望尋找著泳璇。

泳璇獨自坐在課室角落的座位，一手托著腮，另一手握著那把奇怪的扇子，似乎正在聚精會神地思考著；也許是她那副嚴肅專注的模樣，把其他同學嚇倒了吧？他們都不敢走近。

相反的，小瑜看到她後精神一振，輕快地走到她身邊「噗」一下坐了下來。

　　「學姐！」她有點緊張的問道：「你願意成為我的拍檔嗎？」

　　自從昨天看到泳璇本尊後，小瑜就非常憧憬這個學姐，因此她決定冒昧地邀請她加入自己所在的偶像女團，那麼小瑜就可以經常跟她呆在一起了。

加入女團經常有機會穿上漂亮的制服表演，又能因著演出之便四處遊玩，小瑜認為泳璇應該不會拒絕；況且，她本來就已經是個網絡紅人，要讓她到台上演出，想必也不是甚麼難事吧？

泳璇的思緒被打斷，緩緩把頭別過去望著小瑜。

「叫我泳璇就好。」她皺起了眉頭：「還有……你剛剛說的是……拍檔嗎？」

「是的。」

泳璇盯著小瑜思索了片刻，嘴角緩緩泛起了笑容。

「沒問題呀。」她笑著說道。

沒想到泳璇爽快地答應了，小瑜先是驚訝，然後興奮地握住了泳璇的手歡呼起來。

泳璇有點愕然，輕輕甩開了小瑜的手。

「倒是⋯⋯你還記得昨天那個聽到『鬼火』的傳說嗎?」

「當然記得!」小瑜點點頭:「但是那跟拍不拍檔有甚麼關係呢?」

　　蒙在鼓裡的小瑜,就這麼跟著泳璇來到了美術室——鬼火出現的地點。

　　視覺藝術班的課堂,是在下課時間才開始,小瑜本來以為修讀視藝的同學都會聚在這裡。

　　但當她踏進去後,才發現這裡只剩一個背對著自己的男同學,正在靜悄悄地畫著畫。

　　泳璇搖著羽扇,漫步走到男同學身旁。

　　男生只瞥了泳璇一眼,就繼續專心繪畫著。

　　「怎麼來到美術室?迷路了嗎?」他語帶不屑地說道。

「這個男的叫孫頌賢，是個只會畫畫、經常出言不遜的怪人，要是說了甚麼得罪的說話，你可別介意。」泳璇指著男生，對小瑜介紹道。

小瑜走到孫頌賢身後，發現他正在畫人像；不愧是視藝班的學生，他把肖像畫得栩栩如生，要是上色完畢，應該跟照片沒多大分別。

「這是彭校長嗎？」看著畫中的臉孔，小瑜忽然回想起昨天才見過的校長。

「沒錯。」回答她的是泳璇：「上週彭校長忽然宣佈，九月完結後就會退休；這傢伙最尊敬的就是校長了，所以他想完成這幅畫，作為送給校長的榮休禮物。」

「關你甚麼事呢？別以為自己無所不知好嗎？」孫頌賢對泳璇不太友善。

聽到這句話，孫頌賢似乎認出了小瑜的聲音，終於回頭望了她一眼。

　　小瑜這才看到，孫頌賢鼻子上架著眼鏡，一頭微曲的短髮，滿臉盡是靦腆的表情。

　　孫頌賢呆望著小瑜好一會後，從自己書包拿出筆記本，低著頭站到了她面前。

　　「拜託……」孫頌賢打斷了小瑜的話，打開筆記本遞給她。

　　這突如其來的請求，使小瑜怔住了。

　　小瑜發現，原來孫頌賢筆記本裡夾著一張自己的明星卡，她也欣然地拿起筆簽上了大名。

　　孫頌賢雙眼放光地看著小瑜的簽名卡，然後珍而重之地把筆記本收好，再次坐回畫布前，背對著小瑜繼續埋頭苦幹，沒有多講半句話。

「哦？周同學是你的偶像嗎？」泳璇滿意地微笑著：「那就好辦事了，她是我的拍檔。我這次是身為學生會的副會長，受到視藝班同學委託，調查『鬼火』事件——」

「別鬧了，又在裝偵探嗎？」孫頌賢瞪向泳璇說道：「為甚麼說小瑜是你的拍檔？」

「泳璇答應加入我的女團！」小瑜興奮地叫著。

「小瑜答應做我的調查拍檔！」泳璇亦笑著說。

兩個女孩各說各的，這才終於發覺大家都會錯了意，兩人對望一眼，頓時有點尷尬。

孫頌賢見狀，不禁失笑。

「我就說，小瑜才對你的無聊偵探遊戲沒興趣。」

「我也對女團的無聊演出沒有興趣。」泳璇沒好氣的說道。

「呃⋯⋯可是⋯⋯泳璇⋯⋯女團的事情——」

泳璇揚手打斷了小瑜的話。

「周同學，很抱歉讓你誤會了⋯⋯但我要開始調查了，甚麼團的事之後再說吧。」

小瑜一臉無奈，然而泳璇已經收起了笑容，一臉認真地開始向孫頌賢詢問。

# 第三章

# 除了鬼火，還有幽靈？

　　「孫頌賢，『美術室的鬼火』……你想必有聽過吧？有發現過甚麼奇怪的事嗎？」

　　面對泳璇的疑問，孫頌賢沒有回答，只是頭也不回地指向空無一人的美術室。

　　「你是指這張長枱嗎？」小瑜有點好奇，走向了那張枱，伏在枱面上細看。

　　殘舊的枱面已變成了米黃色，小瑜沒看出奇怪的地方，倒是上面滿是不同顏料的痕跡，還散落著不少美工刀、雕刻刀的刀痕──

「小瑜你別賣萌了。」泳璇輕笑了一聲：「他不是指那張枱，而是視藝班的同學：因為害怕鬼火傳說，他們好幾天沒有上課了。」

在檢查長枱的小瑜見狀，頓時覺得自己像個笨蛋，洩氣地趴了在枱面上⋯⋯

動腦筋我果然是不在行呀⋯⋯她暗自歎息著。

泳璇站了起來，走到窗旁往外看著，同時自言自語，又用扇指向對面屋邨的某個單位。

「阿田説他看到美術室鬼火時，隱約有張人臉⋯⋯他的家大概就在那裡吧？」

「泳璇……」伏在枱上的小瑜見她有點心不在焉，趁機問道：「我説啊……女團的事——呀！」

小瑜還未發問完，泳璇就抓住她的手，拉著她走進了美術室的士多房。

這裡堆滿了畫紙、顏料、畫筆等工具，擠得水洩不通。士多房上方有一排通風用的氣窗，看那個氣窗的大小，像小瑜那種瘦小身材的人，應該可以鑽過去。

但是氣窗都在靠近天花的位置，高得沒法爬上去不在話下，窗可是一直牢牢關著的，搞得士多房一陣發霉的氣味。

「這裡唯一的出入口，似乎就只有大門

了。」泳璇抬頭看著氣窗，她很快就下了這個結論。

接下來，泳璇再一次拉著小瑜，帶她離開美術室。

「怎麼了？」

「你在裡面只會讓孫同學分心，妨礙到他做事。」泳璇冷靜地回答：「況且，我需要的線索都已經看到了。」

「那麼……你……女團的事……」小瑜依然不肯放棄。

泳璇輕輕歎了一口氣，似乎敵不過小瑜的死纏爛打。

「要是你能幫忙把這個『鬼火』的謎團破解……」泳璇沒好氣的說：「……我就考慮一下吧。」

「好的！那麼一言為定了！」小瑜重拾希望，精神一振：「我們一起來解謎吧！」

「我只是説考慮而已……」泳璇不以為意：
「比起你的無聊女團，還是謎團比較有趣吧？」

「我們才不無聊呢！」

小瑜一邊跟泳璇爭辯，一邊步出美術室，與老校工正好

打了個照面。

「呀？你們不是美術班的吧？」他摸著自己的光頭，一臉疑惑。

「不是。權叔，我想問——」

「等下，我先做事。」權叔打斷了泳璇的問題，走進了美術室內大吼：

　　這麼兇狠的吼聲，明顯是衝著孫頌賢而來；
但當權叔回到走廊上，對著小瑜與泳璇兩人，
又恢復了笑瞇瞇的表情。

你不用那麼兇吧？

美術班明明都停課了，
那小子還是每天都留著不肯走⋯⋯
我要鎖門呀。

　　權叔無辜地説道，一邊走到美術室旁的電腦室鎖上了門，然後沿著樓梯拾級而上。

　　泳璇緊隨在後，小瑜當然也立即跟上。

權叔，你有聽過
『美術室的鬼火』嗎？

她跨過兩級樓梯，走了在權叔面前。

權叔支吾以對，低頭把玩著鎖匙串……

終於，他抬頭望向小瑜。

「不只是鬼火……」權叔聲音壓得很低：

「我連幽靈都見到了……」

權叔是個夜更的校工，每天下午來到，把所有課室門鎖好後，一般都會留在校門旁的更亭，看守著正門。

只是，那一晚，他彷彿心血來潮似的。

時間已經忘了，但大概是晚上九點多吧？

反正，他離開了校工室，走上一樓，來到了美術室門前。正當權叔掏出鎖匙串想開門時，察覺到美術室裡面有點不妥……

咦……

在鎖上每一扇門前，他都必定會確保，室內的電燈風扇都已關好。

可是，此刻的美術室內，竟然滲出黃黃的光線。

權叔狐疑地透過門上玻璃，望進美術室內。

正對著門的那扇窗趟開著。

玻璃的倒影……模糊隱約地映照出一個男人的面孔……

「有賊?!」這個想法立即冒起！

權叔立即在鎖匙串裡，「咣噹咣噹」地找出美術室的鎖匙，開門闖了進去！

然後他才發現——

美術室只是漆黑一片，別說男人了，人影都沒有半個。

只是權叔發現，美術室的窗不知為何都被打開了。

而角落處，一縷白色的輕煙迴旋片刻後，緩緩散去。

權叔喘著氣說完這個親身經歷，也剛好巡完了五層樓，把所有課室門都鎖好，再一次回到了美術室前。

　　一直跟著權叔的小瑜，知道他喘氣是因為走了整整五層的樓梯。

　　然而權叔顫抖的聲音，可見他對看到幽靈一事，依然猶有餘悸。

　　權叔踏進美術室，看到孫頌賢已不見影蹤，只剩下那幅畫到一半的校長肖像，這才放心地把門鎖上。

　　「鎖匙只有這一串嗎？」小瑜看著權叔問道。

　　「那當然，而且一直都在我身上。」權叔自豪地回答：「弄丟的話我可麻煩了。」

　　「既然鎖匙只有一串，而你每天都確保同學都離開後才鎖門……」泳璇用扇子遮蓋著嘴巴，輕聲問道：「那為甚麼當日晚上要再進來美術室檢查呢？」

權叔頓了一下，並沒有回答，只是伸手摸了摸泳璇的頭。

「我知道你是個聰明的小孩……」權叔由衷說道：「……但是鬼神這些東西……你還是少惹吧……」

小瑜心想，要是被權叔這麼摸頭，肯定會一手把他撥開，不然頭髮都被弄亂了。

但泳璇卻好像思考著甚麼一樣，她緩緩揚著手中的扇子。

「鬼火的真面目……」她臉上漸漸重新泛起笑容：

我已經大概明白了。

呀?!

呀?!

泳璇終於撥開了權叔的手，然後「啪」一下把扇子拍在權叔的光頭上。

美術室沒有鬼火、也沒有幽靈；一切只是有人闖進了上鎖的密室，營造出的假象……

給我一晚時間，就能拼湊出真相了。

話畢，她臉上露出滿意的笑容，開始用手梳理著被弄得亂糟糟的頭髮。

　　小瑜乾瞪著眼，然而泳璇自信滿滿的神態，完全不像吹牛。

　　「那麼……那麼……那麼……」小瑜緊張兮兮的問道：「我算是幫上忙了嗎？」

　　泳璇卻沒有回答，只是一副勝利的姿態，微笑著慢慢離開。

# 第四章

# 見鬼了！真的見‧鬼‧了！

小瑜從睡夢中驚醒，正被堆積如山的書本包圍著。

花了好幾分鐘，她才回過神來，發現自己原來在家中的書房裡，慢慢想起剛才的事。

下午時，泳璇聲稱自己已知道鬼火真相的大概。

那時小瑜就明白，這是她最後的機會了。

雖然失去了先機，可是要獲得泳璇的認可，她認為最起碼要靠自己來找出真相！

因此，小瑜才剛回到家，就把事情告訴了阿福。

忠心的阿福亦替她找了一大堆的舊書：甚麼推理小説、百科全書等等，讓小瑜作為解謎的參考。

可是，小瑜剛拿起第一本書，看不夠半頁，就在書堆裡睡著了……

　　「小瑜，加油！」她揉揉眼睛，伸了個懶腰，低聲鼓勵著自己，在面前的書堆上，拿起一本打開。

　　然後再一次的，小瑜完全集中不了精神看書，沒看半頁就感到睏得不行……

　　「看書……」她隨手把書丟到一邊：「不了……」

　　小瑜搖晃腦袋抖擻精神，趴在書堆上拿出電話，開始在網上搜尋著泳璇提到過的數個關鍵字：「鬼火」、「上鎖」、「密室」……

　　很快，她就在YouTube上找到了一段有關鬼火傳說的影片，小瑜津津有味地看著，然後網站又自動播放下一條影片……

就這樣，網站播著一段又一段完全無關的影片，直到小瑜看完一段搞笑影片，哈哈大笑的同時，才猛然想起自己分了心。

「別浪費時間……」小瑜從書堆中爬起，坐到書枱處，希望能集中精神。

枱上放滿父親的東西：一些完全不知所云的文件，還有不少奇形怪狀的擺設。她撥開枱上的東西，騰出空間把電話放在枱上，卻笨拙地碰到一個古銅色的圓球。

小瑜嚇了一跳，同時圓球「噹」一聲掉到地上，滾到了書房角落的一個書架下。

小瑜連忙走到那邊，打開電話的手電筒，趴在地上把手伸進書架下方的縫隙，把球拿了出來。

幸好那東西沒有摔破；小瑜發現這個球摸上去冷冰冰的，似乎是金屬，上面刻著些無以名狀的花紋，看起來挺有趣的。

　　小瑜用電話上的相機，「咔嚓」拍下了圓球的照片，正想發訊息問問父親這是個甚麼東西——

「嗚哇！這是甚麼？」

突如其來的男聲，使小瑜背後涼了一大截。

深明白書房內除了自己外，並沒有其他人。

但她還是反射性地回頭，望向聲音的來源。

那是個穿著古裝的長髮男子，一臉驚慌地盯著她手上的電話。

「那是甚麼？有妖術的鏡子嗎？」男子拔出腰間的匕首，指向小瑜手上的電話，嚇得倒退了兩步。

小瑜更是雙腿一軟，坐倒在地上，望著男子眼睛圓瞪，嘴巴張開——

聽到小瑜放聲驚叫，一直在門外的阿福立即跑進書房裡。

「瑜小姐！有危險嗎？」

男子看到阿福，立即翻騰跳到了書桁上單膝跪著，緊握匕首一臉警誡；小瑜依然驚愕得說不出話來，只能指向那個古裝男子。

阿福望向小瑜所指的書桁，皺起眉頭慢慢走近。

「有蟑螂嗎？」他知道小瑜最怕的就是昆蟲，馬上仔細地四處查看。

小瑜驚訝地看著面前的情景：管家在桁的四周尋找著「蟑螂」，卻對桁上站著的那個男子完全視若無睹。

*面前明明有個怪人，阿福你究竟在找甚麼？*

「瑜小姐……要是你再看到甚麼，就叫我進來吧。」阿福遍尋不獲，

唯有對小瑜這麼說：「我先回到門外守候。」

他向著小瑜恭敬地低頭，然後慢慢離開了書房。

書房的門關上後，小瑜終於回過神來，看清楚了那個男子的臉。

雖然是鬼，但他長得挺俊俏的，還有一股莫名的親切感。

她晃晃頭，爬了起來，拍拍身上的灰塵。

「喂……那邊的……」鼓起勇氣向他搭話：「你究竟是甚麼？」

「我……」被這麼一問，他居然傻了眼：「我不知道……」

然後，他舉起匕首指向小瑜。

「妖女！是你在搞甚麼鬼嗎？」

「我能搞甚麼鬼？這就是個普通的電話！」小瑜揚著手中的電話，被他弄得哭笑不得：「你該不會是……失憶了吧？」

他聽到這句話，低下頭沉思著。

小瑜留意到，這個男子不僅穿著奇怪的古
服，身體還是半透明的……

趁著這個機會，她用力把手上的金屬球擲
向他；他立即反應過來，想把球擋住——

可是，球卻逕直穿過了他的手，「哐啷」
一聲掉到地上。

他看到這個情景，難以置信地望著自己雙手。

小瑜瞪大了眼睛，恍然大悟。

「呀！我想通了！」她的恐懼一消而散，取而代之的是發現真相的興奮：「美術室的幽靈，就像你一樣吧？」

他抬頭望向小瑜。

「像我……怎麼樣……？」

小瑜與他對望，哭笑不得；美術室的幽靈——

**「就像你一樣是鬼呀！」**她對著他吼道。

「……所以，只要我告訴泳璇，美術室是一宗貨真價實的鬧鬼事件，就算是破解謎團吧？」小瑜興高采烈地說著：「那麼她就會答應加入女團了！」

冷靜下來後，小瑜把整個事件——包括同學目擊的鬼火，權叔看到的幽靈——都向他說了一遍。

阿鬼——小瑜決定暫且這樣稱呼他——盤腿坐在書枱上，聽畢整件事的來龍去脈後，摸著下巴沉思。

「……先別說『女團』是甚麼東西……」阿鬼一臉認真的問：「你剛才說的異象，明顯與鬼沒有關係呀。」

「哪裡沒有關係了？」小瑜厲聲反問：「你的存在不就證明了有鬼嗎？」

阿鬼一言不發，從枱上一躍而下，走到窗前望著外面的夜景。

「我是鬼沒錯，但按你剛才所說，你們塾內的那個雜役——」

「那個……」小瑜舉手打斷了阿鬼的發言：「敢問一句……『塾』、『雜役』是甚麼東西？」

「你在故弄玄虛嗎？你上的是私塾，你口中那個叫權叔的老伯，就是那裡的雜役吧？」阿鬼一臉哭笑不得。

*好的⋯⋯「塾」是學校，「雜役」是校工⋯⋯*

小瑜心忖，面前這傢伙說的雖然是中文，但怎麼她完全聽不明白？

「反正，雜役不但看到那個幽靈的臉，還說幽靈把窗戶打開了⋯⋯」阿鬼說著，舉起手直接穿過了窗戶的玻璃。

「這樣你明白了吧？」他揚著自己半透明的手，燦爛一笑，露出整齊潔白的牙齒。

*⋯⋯明白甚麼⋯⋯？*

也許是看到小瑜一臉懵懂，阿鬼笑著走向小瑜，把手伸向小瑜的臉⋯⋯

　　「哇！」阿鬼的手碰不到小瑜，但被他的
手逕直穿過了腦袋，使她冷得發起抖來，連忙
跳後一步躲開⋯⋯

「鬼……像我這樣……可是觸碰不到任何東西的。」阿鬼不以為意，繼續著自己的解說：「其次，那個美術室的幽靈，是先被雜役看到，然後才無故消失；而剛才進來的那個惡人——」

「阿福才不是惡人……」小瑜揉著雙手驅走寒意：「他是我的管家……」

「那個惡人可是徹頭徹尾的沒發現我存在，而你則是一直都能看見我。」阿鬼雙手交纏在胸前：「如果幽靈像我一樣是鬼的話，雜役要不就完全看不見它，要不就會在走進去之後，繼續看到它的所在吧？」

「你意思是……美術室的幽靈不是鬼，而是……不知道是甚麼吧……？」

「是的，結論就是：你甚麼都沒有想通。」阿鬼低頭望著小瑜，滿意地點點頭。

小瑜鼓起了腮，有點失落；數分鐘前還在享受著破案的喜悅，誰料這隻討厭鬼沒花半刻，

就把她的推論否定了……

　　對於泳璇的調查，自己半點忙都幫不上……

　　小瑜只覺得倦意襲來，洩氣得像朵萎掉的鮮花一樣，背靠著牆坐到地上。

　　阿鬼發現自己打沉了小瑜，有點不好意思。

　　「呃……你剛才提到的那個女孩子……」他嘗試把話題扯開：「甚麼名字來著？是重要的人嗎？」

「你就別在我傷口上撒鹽了——」

「你要讓她成為手下敗將。」阿鬼莫名其妙地認真起來：「不要認輸，趕在那個諸葛小鬼之前解開謎團，把幽靈的真相找出來。」

「忽然鼓起幹勁是甚麼回事？」小瑜感到相當奇怪：「而且，她可是『聖美心神探』，我憑甚麼能在解謎方面勝過她呢？」

「就憑我。」阿鬼恭敬地向小瑜作揖：「姑且由我來協助你；啊，你就把在下當成守護靈好了。」

「不是吧！」小瑜吼了一聲！

這隻突如其來的討厭鬼，變成了我的守護靈嗎?!

# 第五章

# 毫不稱職的守護靈！

電話的鬧鈴還未響，小瑜已經從床上爬起，拖著疲憊的身軀到洗手間梳洗。

鏡子中那個真的是自己嗎？

徹夜未眠的小瑜眼圈發黑，臉還有點水腫；看到這副模樣，她都快要哭出來了。

打開水龍頭，濕潤了牙刷……

「這……水來得這麼方便……」阿鬼讚歎地說道：「你家的正下方有一口井嗎？」

周潔瑜沒好氣地回頭望向他。

「……拜託……我好歹是個女孩子，別跟著人家進洗手間可以嗎？」

阿鬼猛然醒覺，對她作了一揖。

「所言甚是……那麼我先行告退……」

話畢，他就穿過門，離開了洗手間。

小瑜咬著牙刷，煩躁地抓著頭髮；這個不知所謂的「守護靈」，既煩人又詭異，搞得她一整晚完全沒有睡過好覺！

　　換好校服，戴著口罩遮蓋憔悴的臉容，坐上了阿福開到家門前的車，閉目養神。

本以為終於可以安靜片刻時，阿鬼穿過了車門，在她身旁坐著，興致勃勃地欣賞著車窗外的東西。

「小瑜，那是甚麼龐然大物？」

她睜開眼，只見阿鬼興奮地指著窗外駛過的一輛巴士。

她沒好氣地把食指豎在嘴巴前，狠狠地對阿鬼「噓」了一聲。

阿福透過倒後鏡偷偷看了小瑜一眼。

「瑜小姐，沒事吧？」阿福大概以為她發傻了吧。

「你家的僕人長得好兇。」阿鬼望著阿福的側面，湊到小瑜身邊輕聲道。

「別吵！」她不耐煩地吼了一句。

「對不起……」阿福以為自己被罵了，立即道歉。

雖然對阿福很抱歉，然而小瑜卻沒有力氣，

也不知道如何向阿福解釋。

因為除了自己以外，似乎並沒有其他人能看到阿鬼。

接下來不知多長的日子，都要被這個麻煩鬼纏著，光是想想就覺得累……

回到課室，小瑜趁著上課前的空檔，趴在枱上打瞌睡。

「小瑜你沒事吧？生病了？」鄰座的 Angel 看到她戴著口罩，關切地問她。

「沒事……只是有點疲憊……」她像個正在融化的雪人一樣趴在枱上，有氣無力地告訴 Angel。

恨不得立即回家睡覺。

把她弄成這模樣的元凶——阿鬼正在書枱旁看著她面前的課本，嘖嘖稱奇。

「這年代真的好神奇，紙製品竟然如此普及了嗎？」

阿鬼低頭「欣賞」著封面上的圖案，又望向 Angel 枱上、以及課室裡，其他同學那些一模一樣的課本。

「這麼大量，卻每一本都如此精確……那個畫師的技藝真是驚為天人。」他一臉讚歎的表情。

「這是印出來的……笨蛋……」小瑜忍不住低聲罵道。

「你說我嗎？」Angel 只聽到她說「笨蛋」，立即臉露不悅。

阿鬼望著 Angel，伸手到她臉前揚了揚；Angel 當然看不到他，只是繼續皺眉盯著小瑜。

「不是不是……」她尷尬地

解釋著：「我……我在講電話……」

她把電話拿在手上，勉強一笑；Angel 疑惑地望著她，還好沒有追問下去。

「對了，這東西叫『電話』？你還未告訴我有甚麼用的呀？」

小瑜狠狠地瞪了阿鬼一眼，輕輕指向課室大門，然後氣沖沖地、在全班同學的異樣目光之下，離開了課室。

他們來到了頂樓的天台花園。

臨近上課的時間，這裡空無一人。

累癱的小瑜直接躺在地上。

「你別再隨便向我搭訕了……」她語重心長地對阿鬼說道：「別人都不知道我在跟誰講話……」

「抱歉抱歉……但這裡實在太多新奇事物了。」

「你真的完全不記得自己是誰嗎？」

阿鬼搖搖頭。

「……只記得我生活的年代，妖術還沒那麼盛行。」他抬頭望著天空駛過的飛機，語氣既驚訝又讚歎。

「妖術從來都沒有盛行過好嗎？」小瑜諷刺他道：「那叫科學……」

她托頭緊盯著阿鬼：關於這個失憶鬼，現在知道的，就只有他是個來自古代的幽靈。

看來要擺脫這個傢伙，不是一時三刻的功夫了……

「你想知道這東西有甚麼用嗎？」她對著阿鬼舉起電話。

阿鬼搖搖頭，伸手想拿過電話，嚇得小瑜立即縮回了手：先撇開跟他接觸時那個冰冷的感覺，她可不想電話穿過阿鬼的手，掉到地上摔破熒幕……

「我要跟你說話的時候，就會在這上面

寫……」她邊說，邊在電話上打字：不然同學都要以為我瘋了……

小瑜把熒幕對著阿鬼，讓他看看自己剛打出來的一句。

「明白了嗎？」她向阿鬼問道。

阿鬼看著電話熒幕點點頭，眼睛又閃出了光芒。

「原來如此……這面鏡子……就是你們年代的『信件』嗎？」

小瑜揚了一眉，好像的確是這樣沒錯。

「反正，有其他人在場的話，我就用電話來跟你溝通。」

阿鬼點點頭，繼續猶有興趣地盯著小瑜手中的電話。

下課的鐘聲響起時，小瑜終於舒了一口氣。

這下終於可以回家大睡特睡了……

「今天的課好精彩……」阿鬼守在她身邊，聽了一天的課，現在滿臉歎為觀止：「現在的年號是甚麼？」

Angel 還在，小瑜不方便說話，唯有在電話上輸入了：2020 年。

「這四個符號是甚麼意思？」他指著四個阿拉伯數字問道。

「甚麼意思都好……反正你又不記得自己是甚麼年代的人……」

「我記得呀。」Angel 一邊把課本放入書包，一邊回應著小瑜的話：「我是 2005 年出生的，你不是嗎？」

「2005 年，那到底過了多少年？」阿鬼向著根本看不見他的 Angel 問道。

小瑜翻了一下白眼，懶得搭話。

「小瑜，那女孩……就是諸葛嗎？」阿鬼

忽然問道。

　　小瑜抬頭一看，只見背著書包的泳璇，揚著羽扇走進了課室內。

　　是的，她就是諸葛泳璇……小瑜告訴阿鬼。

　　其他同學看到泳璇出現，紛紛收拾東西離開課室。泳璇也沒有在意，只是緩緩走向小瑜，在她面前坐下，又對旁邊的 Angel 露出親切笑容。

　　「方同學，我想跟周同學私下聊幾句。」

她這麼一說，Angel 還哪敢逗留，連忙背起書包、撇下小瑜匆匆離開。

　　「美術室鬼火之謎，我都解開了。」泳璇語調興奮地説：「你也明白了嗎？」

　　小瑜搖搖頭，不禁瞥了阿鬼一眼。

　　本來打算放棄，可是這傢伙不知何故，一直逼著自己思考，折騰了一整晚，最後也是徒勞。

　　「沒關係，我們現在就一起去美術室解決

事件吧！」泳璇幹勁十足，拉住了小瑜的手。

　　小瑜跟泳璇走向美術室時，發現阿鬼不知何解以十分警誡的目光看著泳璇。

　　彷彿對她帶著敵意一樣。

# 第六章

# 鬼火的真相

美術室裡。

泳璇角落踱步，欣賞著同學們留下的畫作。

小瑜剛才跟她進來，把視藝班的同學都差遣走了，卻不知道她打算做些甚麼；她不是要向視藝班同學解謎嗎？

阿鬼在老師枱上正襟危坐，死死盯著泳璇。

你是怎麼了？你認識泳璇的嗎？小瑜問阿鬼。

「不。」阿鬼搖搖頭：「你可千萬不要輸給她⋯⋯」

甚麼意思……？

阿鬼還未來得及回答，權叔就在此時走進了美術室；泳璇見狀，與他各坐於一張長枱的兩端。

泳璇用橡筋把長髮紮好，露出了輪廓分明的臉龐；不知道她有甚麼打算的小瑜，只能像個小助手一樣坐在她身旁。

「叫我來是有甚麼事嗎？」權叔對於被差喚有點不滿。

「我就單刀直入好了。」泳璇輕搖著扇子，第一句話就不留情面：「鬼火就是你弄出來的吧？」

「怎麼可能？權叔不是也有見過幽靈嗎？」小瑜搶在權叔開口前，反駁了泳璇的話。

可是，面對泳璇的指控，權叔卻似乎有口難言。

「鬼火跟幽靈不是同一個事件。」泳璇駁

回了小瑜的問題：「要解釋鬼火由來，最重要的問題是：『為甚麼要在美術室？』」。

小瑜張嘴想回答，卻說不出話來⋯⋯

對呀，她沒想過為甚麼是美術室。

「昨天聽權叔講遇到幽靈的事件時，我有一個想不明白的地方……」泳璇側著頭，望著權叔：「到底是甚麼『心血來潮』，會讓你想到美術室這裡來呢？」

「晚上當更……當然要巡樓呀……還有甚麼原因嗎？」權叔有點激動地反駁。

泳璇搖搖頭。

「你每天都會把每個課室裡的人趕走，再鎖上門，就算真的要夜巡……也沒必要再次把門打開，進去檢查吧？」泳璇微微一笑，然後繼續向著權叔逼迫：「所以你來美術室，必定是因著些不能告訴我們的原因。」

泳璇站了起來，走到美術室一角。

「美術室內置了洗手盤，即使弄出火頭，也能很快地滅掉。」她指向那個用來給同學取水調顏料、洗畫具的洗手盤。

「要洗手盤的話，不是應該去洗手間、或

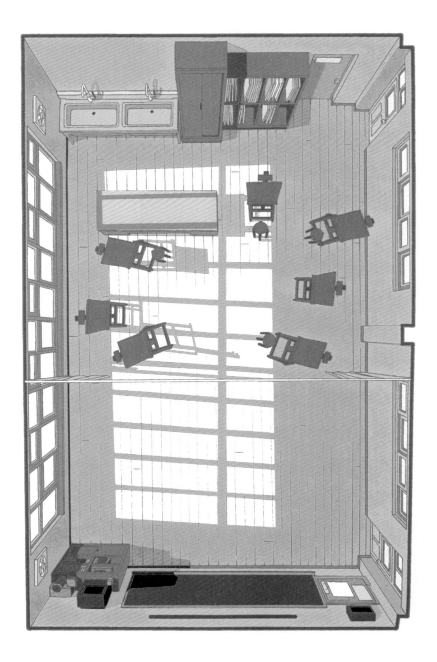

者更衣室嗎？」小瑜有點疑惑。

「洗手間和更衣室都只有小氣窗，氣味很難才能散去。」泳璇指向這裡的一整列窗戶：「美術室空間碩大，只要把窗和抽氣扇打開，就不用怕了……是嗎？」

「甚麼氣味？」小瑜問道；泳璇卻沒有回答，只是對她眨了眨眼。

「甚麼是抽氣扇？」阿鬼亦同時湊到小瑜身邊耳語。

小瑜用電話搜了抽氣扇的維基百科，放到枱上讓阿鬼自己查看。

「要說洗手盤的話……五樓的化學實驗室不一樣有嗎？」權叔出言反駁，但聲音卻很小，彷彿心虛一樣。

「昨天聽你講故事時，你一直走到了五樓，氣喘如牛的……」泳璇「啪」一下把扇子拍在枱上：「在一樓的美

術室是合適的吧？」

「那……到底權叔是要來做甚麼
呢？」小瑜交替望著泳璇和權叔。

權叔自不用多說，但似乎泳璇也知道了權
叔來美術室的動機；這個被蒙在鼓裡的感覺，
使小瑜相當焦急。

「你昨天不是跟那諸葛小鬼一起的嗎？」像
是落井下石一樣，阿鬼皺著眉問小瑜：「怎麼她
想到的東西，你好像半點頭緒都沒有一樣？」

「少囉唆！」小瑜有點不爽，背著泳璇，
輕聲向阿鬼說。

「權叔，壞習慣就戒掉吧，
對身體不好的。」泳璇柔聲說道。

「甚麼壞習慣？我完全不明白！」

「權叔你是抽煙的吧？」泳璇回過
頭來對著權叔：「昨天我確確實實嗅
到了……你手上有著淡淡的煙味。」

　　小瑜這才恍然大悟，難怪泳璇被權叔摸頭時，竟然沒有反抗，還開始思考起來……

　　想必她在那時候，腦海中已經有這個推論的大概了吧？

　　「怎麼搞的？」阿鬼再一次向小瑜道：「你甘心讓她獨自解決整件事嗎？」

　　「所以說，同學們看到的所謂鬼火……其實就是權叔偷抽煙時，打火機的火光。」泳璇開始慢慢走向權叔：「學校被民居包圍著，要是在操場或者戶外抽，很容易被路人看到；洗手間等空間，像我所說的不適合；實驗室的樓層也太高。」

　　終於來到權叔面前，泳璇對他提出了指控。

　　「對你來說，美術室是躲懶抽

煙的最佳地點了。」

「你別亂説！有甚麼證據嗎？」權叔臉紅耳赤地吼了起來。

「你身為學校職員，抽煙肯定是不能被發現的，因此煙盒必定會隨身帶著吧。」泳璇舉起扇，指向權叔的胸前：「證據就是，你制服口袋那盒東西，可以拿出來嗎？」

小瑜沿著她所指的方向望過去，果然見權叔那件藍色的校工制服，胸前口袋脹鼓鼓的。

權叔像洩了氣一樣，沒有再説甚麼。

泳璇露出一個勝利的微笑，輕輕搖著扇子，回到自己座位。

「還有甚麼要狡辯的嗎？」她溫柔地對權叔問道。

　　「可以幫我保守這個秘密嗎⋯⋯」權叔聲
音顯得有氣無力，似乎決定投降了：「要是被
學校知道，我就完蛋了⋯⋯」

　　「我絕對沒想過要舉報你，但作為交
換⋯⋯」泳璇頓了一下：「你要想個辦法對視

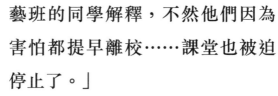

藝班的同學解釋，不然他們因為害怕都提早離校……課堂也被迫停止了。」

權叔望著她，有點猶豫。

小瑜終於忍不住發問。

「鬼火也許是權叔的打火機……但是幽靈呢？」

「解決鬼火的問題後，幽靈之謎就簡單了。」泳璇揚著扇子，不徐不疾地解釋：「權叔從美術班同學口中聽到了『鬼火』傳說，為了防止他們留校耽誤他的工作，就借著來添油加醋，編成了一個把人嚇走的鬼故事。」

小瑜還在消化著這番話之際，權叔卻再次激烈地辯駁起來。

「我才沒有編甚麼故事！」

他又露出了恐懼的神色：「幽靈……我是真的看到幽靈的！」

小瑜望了一下阿鬼：他板起臉望著權叔，似乎正在思考。

正如昨晚阿鬼所指出，權叔遇到的現象，不可能是「鬼」造成的；然而權叔的神態，又絲毫不像說謊。

那麼權叔口中的幽靈，又究竟是甚麼呢？

「這是怎麼一回事……」小瑜忍不住低聲向泳璇發問。

出乎意料的，泳璇似乎也沒有料到這一點：天才少女的臉上，此刻掛著一絲訝異的表情……

「行了，為時未晚……」阿鬼對小瑜道：「諸葛小鬼還有謎團未解開！」

被阿鬼這麼一說，小瑜重拾了鬥志：仍有未解的謎團，那就代表她「幫助泳璇」的約定，依然生效吧？

「泳璇，就只差一步了⋯⋯」小瑜清了一下喉嚨：「我們一起合作，解開最後的謎，然後呀──！！！」

小瑜忽然尖叫著從椅上跳了起來，泳璇和權叔驚訝地看著她。

原來，阿鬼一手掩住了小瑜的嘴，冷得她連忙躲避。

「別說笑了！甚麼叫『一起合作』？」阿鬼不悅地追著小瑜，想繼續用自己的鬼手冰她的臉：「振作一下，自己去解謎，讓那女孩成為你的手下敗將！」

　　「你先冷靜一下！」小瑜躲避著阿鬼：「我意思是……呀──！！」

　　小瑜被阿鬼追上，又吃了寒徹心扉的一掌，只能夾著尾巴逃出了美術室。

　　泳璇與權叔看著，兩人都傻了眼。

　　「她撞邪了吧？」權叔有點害怕：「難不

成⋯⋯這裡真的有鬼？」

　　泳璇訕笑了一下。

　　「怎麼可能⋯⋯倒是你，別再在這裡抽煙
了⋯⋯」

　　然後，她撇下權叔，也離開了美術室。

# 第七章

# 帶著幽靈來尋找
# 幽靈的真相！

「阿福，你就停在這裡吧。」

聽見小瑜的命令，阿福立即急剎，把車子在路邊停下。

坐在後座、穿著體育服的小瑜，把長髮盤成馬尾，再戴上黑色的口罩。

她身旁的阿鬼則一臉鬥志高昂，望著整裝待發的小瑜。

臨下車前，必須再叮囑一件事。

「要是我一個鐘頭後沒有回來……」

透過倒後鏡，她與阿福的眼神對上。

「……你就發訊息提醒我吧。」

明天還要早起上課，小瑜不想晚睡，不然對皮膚影響很大。

她週末還要拍攝一個平面廣告。

「遵命，瑜小姐。」阿福以低沉的聲音回答。

聽到他這個回答，小瑜才安心地下車，與阿鬼一同來到學校大閘前。

往內偷看一下，更亭內的權叔睡得正熟。

她一邊注視著權叔，一邊悄悄地伸手到鐵閘內，摸索著尋找到閘栓。

小心翼翼地拉起。

再輕輕推開鐵閘。

嘎……

老舊生鏽的鐵閘，發出了輕微卻刺耳的聲音。

小瑜僅推開一道剛好能竄過的縫，就快速踏進校園內，在地上翻滾躲進了更亭旁邊的草叢內。

長年的舞蹈練習，給了小瑜一副不錯的
身手。。

　　阿鬼亦穿過了鐵閘，敏捷地翻了一下筋斗，
帥氣地落在小瑜身旁，與她一同躲著。

「又沒人能看見你，耍甚麼帥呢？」小瑜低聲對阿鬼說。

阿鬼「噓」了小瑜一下讓她安靜，然後指向更亭內。

他們一同探頭窺視，發現權叔不但沒有被吵醒，鼾聲還愈來愈大，睡得涎沫都滴到身上了。

「這傢伙守夜？能靠得住嗎？」小瑜沒好氣地歎道，阿鬼亦翻了一下白眼。

反正，小瑜放下了心，伸手到更亭裡拿走了權叔的鎖匙串，與阿鬼並肩施施然踏進校舍。

梯間有著落地玻璃窗，走廊亦是開放式的設計，採光很好，她完全不用開啟電話手電筒，只需小心別被街上的路人看到闖入校舍的自己。

無聲無息地潛行到美術室門前，她深呼吸一口氣，把門打開，步入美術室內。

「我們今晚要找出的是兩件事。」阿鬼對

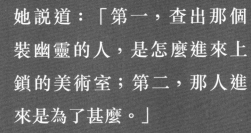

她說道：「第一，查出那個裝幽靈的人，是怎麼進來上鎖的美術室；第二，那人進來是為了甚麼。」

說著說著，他慢慢走向美術室一角的畫架。

小瑜把鎖匙串放好在老師枱上，也走到阿鬼身旁，看著這裡放著的畫架；泳璇在等權叔時一直在查看這些畫，難不成是個線索嗎？

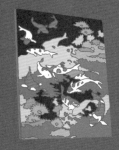

周潔瑜數了一下，一共有八幅畫作。

「把紙揭開吧。」阿鬼毫不客氣地命令道。

小瑜揭起了蓋著畫布的防水紙，仔細欣賞之下才發

現，雖然都是半完成品，有些是風景素描，有些完全是抽象派的作品，看不出個所以然來，但他們不愧是修美術的學兄學姐，每一幅都給小瑜一種很唯美的感覺。

「那個叫電話的東西，不是可以畫人像嗎？」

「你是想說拍照吧？」小瑜拿出電話，開啟相機對著阿鬼，想當然，鏡頭拍不到這隻幽靈。

「對對對，就是拍照。」阿鬼點點頭，指向彭校長的那幅肖像：「為甚麼不拍照，還要畫畫呢？」

「他們修視覺藝術，當然要用畫的。」周潔瑜指著肖像道：「而且這幅是送給校長的餞別禮物，肯定要親手完成的呀。你沒聽過『物輕情義重』這句話嗎？」

「還真沒聽過……」阿鬼訕笑了一句，彎下腰仔細看著肖像。

「你算是甚麼鬼呀？明明來自古代的，卻連這些耳熟能詳的古語都沒有聽過？」小瑜忍不住反嗆阿鬼。

阿鬼正想反駁時，走廊傳來腳步聲。

*權叔！*小瑜與阿鬼對望一眼，都知道來者就是守夜的校工。

小瑜知道，要是權叔繼續前進，就會發現被打開的美術室門，把自己抓個正著。

現在出去關門、或者是立即離開美術室，從樓梯逃走，也會被權叔看到。

無路可逃。

權叔的腳步聲愈來愈近。

小瑜的心跳也愈來愈快。

◆　　◆　　◆　　◆　　◆

權叔戰戰兢兢地走向美術室。

他剛才睡醒時發現，一直放在更亭裡、在自己面前的那串鎖匙，居然不翼而飛。

被學生會的諸葛泳璇揭穿自己在校舍抽煙，已是相當不妙的事，如果又在值班時遺失鎖匙，那權叔恐怕要被解僱了……

他之前曾在美術室遇過鬼，下午時又看到那個叫周潔瑜的女孩彷彿撞邪一般……

現在鎖匙離奇消失，權叔的直覺告訴他，這也必定跟那間恐怖的美術室有關……

縱使萬般不情願，但別無選擇之下，他也只能再次──

咔⋯⋯

一下聲音打斷了權叔的思緒。

美術室那邊，傳來一下聲音。

「誰？」權叔放慢腳步，繼續向著美術室前進。

美術室半掩的門映入眼簾後，他內心的不安感更是飆升到極點。

看到鬼那一晚的經歷，依然深深烙印在他心中。

他用顫抖著的雙手，拉開那道虛掩的門。

「誰在裡面？」權叔裝腔作勢地吼道。

當然，美術室內空無一人，他的問題並沒得到回答。

　　這時，權叔留意到，他的鎖匙串就在教師枱上。

　　權叔拿起鎖匙，一臉恐慌：這東西是怎麼自己跑到美術室來的？光是想起這點，權叔就渾身雞皮疙瘩。

　　接下來。

　　毫無預警的。

　　「嘿嘿嘿嘿嘿嘿哈哈哈哈哈哈哈哈！」

　　憑空傳來一個既瘋狂又響亮的男人笑聲！

　　「嗚呀！」

　　權叔被嚇得腦袋一片空白，只知道拔足就逃！

　　他高速地跑過走廊，爬下樓梯……

　　咔……

　　美術室角落的儲物櫃緩緩打開……

戰戰兢兢的小瑜爬出來，聽到權叔遠去的腳步聲，才鬆了一口氣。

關掉電話播放著、剛上網找回來的那段恐怖影片。

阿鬼一直大剌剌地站在美術室正中，看著被嚇得落荒而逃的權叔。

「你們這個年代的雜役……又是躲懶、又是逃跑……」阿鬼搖頭歎息著。

小瑜懶得跟他說話，立即走到了門前，扭動鎖頭把門鎖上。

她怕權叔不知道何時會折返，把門鎖上，至少能替自己爭取多點時間，再次躲回櫃子裡。

想起剛才幾乎被發現的險況，小瑜抹掉額上的冷汗。

然而，她發現阿鬼正在目瞪口呆地望著自己。

「你剛剛做甚麼？」

「我做甚麼了？」小瑜反問。

然後重複剛才的動作，用手背拭去額上的汗珠。

「不不不，你剛才是上鎖了嗎？」阿鬼指著鎖頭，模仿著小瑜轉動鎖頭的動作：「不用鑰匙也可以做到嗎？」

「這是常識吧？」小瑜苦笑道。

「甚麼是常識？」

「在裡面上鎖當然不用鑰匙呀。」

「竟然是這樣……」阿鬼低吟了一句。

然後，他緩緩走到老師椅處坐下，端正莊嚴的表情，閉上眼沉思著。

「怎麼了——」

「閉嘴。」阿鬼淡然說著，向小瑜揚起手制止了她的問題。

阿鬼這個態度讓小瑜有點生氣，但又不敢觸碰到他，唯有拿起枱上放著的畫筆，狠狠地擲向阿鬼。

一枝又一枝畫筆穿過了阿鬼的臉和手，掉到地上，卻沒有干擾到他的思緒；過了好幾分鐘後，他才終於張開眼睛。

「你在搞甚麼鬼呢？」小瑜不爽地問他。

然而，他的眼神閃爍著光芒。

「我們回府吧。」他氣宇軒昂地步出了美術室：「我明天會把元凶呈現給你。」

「怎麼回事……？」小瑜皺著眉問道。

阿鬼卻沒有理會她，而是繼續在走廊上英姿凜凜地走著，一邊發出清脆自信的笑聲。

小瑜跟著阿鬼，心裡慶幸今晚應該能睡個好覺了……

# 第八章

# 我的宿敵
# 原來性格還不錯

小瑜睡了一整晚，養足精神，終於恢復了容光煥發的臉。

第二天回校，卻發現 Angel 的座位空著，阿鬼見狀，立即肆無忌憚地佔用了。

「好吧，我跟你說一下今天的計劃。」阿鬼一副胸有成竹的表情向小瑜道。

我要上課呀！你昨晚怎麼不說？

「你一到府上就倒頭大睡了，我哪有機會？」

還不是因為你前晚煩了我一整晚！

這時，女班長一臉關切地來到小瑜身邊，幾乎一下坐了在阿鬼身上。

「別坐！」小瑜立即喝止：「有甚麼事嗎？」

「呃⋯⋯Angel明天回來，今天要放假⋯⋯」女班長被她的大驚小怪嚇倒了：「要是你今天有甚麼問題，可以隨時找我幫忙⋯⋯」

「好的，沒問題，謝謝！」小瑜笑著打發掉她；女班長以怪異的目光看著小瑜，慢慢離開。

阿鬼像個大爺一樣，雙腿擱到枱上。

「我要開始了，你給我牢牢記住——」

甫剛下課，小瑜立即背上書包，飛跑向著美術室進發。

阿鬼並沒有把一切都跟她說明白，只是花了大半天，叫她做幾個具體的行動。

首先，就是找視藝班的同學，告訴他們「調查」已經結束；這樣就能使幽靈放下戒心，再次出現。

來到美術室前，小瑜推開了門。

「同學們，真的很抱歉……鬼火這件事，恐怕我是解不出真相了……我決定放棄調查，不會再打擾大家的修業進度。啊，我的拍檔也來到了；小瑜，趕快向大家道歉！」

小瑜怔住了，因為她人才剛踏進美術室，泳璇已經把她準備要講的話說完了！

泳璇輕快地走到小瑜身旁，按著她的頭，兩人一同向視藝班的同學鞠躬道歉。

小瑜瞪大眼睛，別過頭看著泳璇。

「別擔心，我還沒放棄。」她對小瑜眨眨眼，低聲説道：「這只是為了讓幽靈掉以輕心而已。」

視藝班的同學有點失望、無奈，但也沒再跟小瑜與泳璇糾纏，很快就繼續各自忙著畫畫。

離開美術室後，阿鬼惡狠狠地把臉湊到小瑜面前。

「你把計劃告訴諸葛了嗎？」他表情兇得

像要把她捏死一樣。

「怎麼可能？話說回來，我根本就不知道你實際計劃了甚麼！」小瑜一臉無辜地駁斥。

「周同學，你說我嗎？」泳璇問道，同時走進了美術室對面的課室，逐一把窗簾拉上。

這個正是阿鬼告訴小瑜的第二個行動：在附近的課室，關好窗簾躲著，直到視藝班的同學都離開美術室，權叔鎖好門為止。

看到又被泳璇捷足先登，氣炸的阿鬼跑到她面前，伸手想拍她腦袋——當然他的手只是穿過了泳璇，並沒有對她造成半點傷害。

「這課室有點冷，周同學可以把冷氣關掉嗎？」泳璇發著抖向小瑜說。

小瑜一直透過窗簾的縫隙，監視著美術室，不知過了多久，終於看到兩個視藝班的學姐離開了。

小瑜身旁的阿鬼背靠著牆，不爽地盯著泳璇，手上把玩著匕首；泳璇卻只是坐在課室角落看著小說，似乎完全不太在意美術室那邊的舉動。

「你確定你沒有出賣我嗎？」阿鬼再次向小瑜質問。

我沒有！泳璇的想法跟你一樣，我能有甚麼辦法呀？

「以表忠誠，你把她殺了吧。」阿鬼把匕首遞給小瑜：「然後把抓捕幽靈的功勞，都據為己有吧。」

我才不要！而且你那把幽靈刀我也拿不了吧！

「我可以教你一套掌法──」

鬧彆扭也有個限度好吧？跟她一起破案到底有甚麼問題？

「周同學，其實我挺羨慕你的呀。」泳璇放下手上的書，望著正在把弄電話的小瑜，不徐不疾地說。

「我有甚麼好羨慕的？」小瑜感到哭笑不得；她可是被鬼纏上了呀！

「你剛才開始就一直看著電話，不時打起字來，神色急躁的⋯⋯」泳璇托著腮，開始娓娓說著：「跟朋友吵架，在通訊息聊天吧？我都好久沒試過這樣，連個可以吵架的朋友都沒有呢。」

這時，課室門外傳來聲音，又有三名視藝

班的學生離開。

小瑜看著孤獨的泳璇，感到了一絲悲傷——雖然泳璇看起來不是太在乎。

小瑜走到她身旁，坐了下來。

「你每次說話都好像要揭人醜態一樣，誰敢跟你做朋友呢？」小瑜低聲說著，同時不經意地望向泳璇剛才一直在看的小說。

小瑜覺得那封面有點眼熟……好像跟前晚在書房見過的某本書一樣。

「這本書……」她拿起書望望封面，果然跟家裡的那套一樣：「我家裡都買齊了一整個系列。」

「真的嗎？圖書館就只有這本……我還在存錢買第二冊呢。家裡窮，零用錢又少，我能有甚麼辦法？這本我都看了第五遍了——」

「往後的我借給你看吧？」小瑜打斷了泳璇的話：「我只想你加入——」

泳璇揚手打斷了小瑜的話，因為這時正好美術室那邊傳出權叔的吼聲，看來他又來把視藝班的同學轟走了。

　　她們揭起窗簾窺看，一個視藝班的女生在走廊走過；權叔亦隨即步出美術室，把門鎖上。

　　「幽靈已經被困，我們上吧。」泳璇表情認真起來，用橡筋把頭髮綁好，率先離開課室。

　　小瑜望向阿鬼，他正在氣得七竅生煙。

　　阿鬼告訴小瑜的最後一個行動，正正就是泳璇剛剛說的：亦正是這樣，待權叔趕走最後一個視藝班學生後，就可以進去把幽靈抓住了。

　　「權叔！鎖匙借我一下！」泳璇向著剛走不遠的權叔喊道，權叔聞言，爽快地把鎖匙串拋給了她。

　　「一個小鬼都可以隨意差喚雜役？」阿鬼心情很差，看到甚麼都覺得不爽：「要是我能做主，一定會對她處以笞刑……」

「別說甚麼刑的……」小瑜對阿鬼的反應有點不安。

泳璇俐落地打開了美術室的門，把鎖匙還給權叔後，跟小瑜一同走了進去。

然而，美術室內卻沒有半個人影。

小瑜簡直想要投降了：本來泳璇跟阿鬼的計劃是一樣，她還以為這回真的能抓到幽靈，沒想到最後還是撲了個空……

不過，泳璇卻微笑望向小瑜。

「既然來到這裡了，周同學，這一回就由你來當神探吧？」泳璇掏出扇，回頭對小瑜說道。

「好！按我所說的來做，別搞砸。」阿鬼也語帶威脅地告訴小瑜：「別再讓諸葛小鬼出風頭。」

完全摸不著頭腦的小瑜，唯有按著阿鬼的指令來行動。

「打開櫃子，把幽靈放出來吧。」

小瑜走過去把櫃子打開——

不禁嚇了一跳。

「美術室的幽靈就是你吧——」泳璇頭也不回，輕搖著扇子道：「孫頌賢同學。」

孫頌賢從櫃子裡步出，一臉窘態站在她們面前。

## 第九章
# 把幽靈束手就擒！

孫頌賢像個被抓了現行犯的小偷一樣，站在美術室中央默不作聲。

小瑜看了一下那個櫃子，恍然大悟：昨晚，她為了躲避權叔，也曾試過躲在裡面。

「按我的話，一字不漏地說出來吧。」阿鬼站到小瑜後方，對她下達指令：「快！諸葛小鬼一開口，就搶白她！」

小瑜感受到從阿鬼身上散發的驚人寒氣，因此只能屈服。

「你就是雜役……權叔看到幽靈的原因吧？」小瑜按著阿鬼的話，像個傳聲筒一樣發表他的推

論：「能出現在上鎖的美術室，是因為你根本就沒有離開過。」

「每天權叔來趕人後，你就會躲到櫃子裡，讓他以為人都走了，把門鎖上。然後，你就可以施施然從櫃子出來；晚上在美術室裡把門解

鎖，再從校門離開就行，反正權叔都在打瞌睡。」

小瑜望向泳璇，她微笑著輕搖扇子，似乎對自己——阿鬼的推理沒有異議。

「沒錯，孫同學要這些——」

「**你耍這些詭計的原因……**」在阿鬼的逼迫下，小瑜提高聲線，蓋過了泳璇的話：「就

是為了完成那幅塾師的畫作。」

「塾師……？」泳璇和孫頌賢一臉不解。

「塾師就是彭校長……古語就是那麼奇怪，抱歉。反正，彭校長退休的消息來得太急，孫同學不但要應付視藝班的習作，而且拜權叔所賜，每天畫畫的時間所餘不多。

「為了趕及在彭校長離開前，完成給他的禮物，孫同學唯有耍了點詭計——同學之間流傳著、那個『美術室鬼火』的傳說。

「孫同學每晚用剛才的手法，留在美術室裡畫畫；他用燭火來照明，不但是避免開燈被發現，也能繼續承傳著傳說，即使被校外的人看到，也只會以為那是鬼火。」

小瑜幾乎氣也沒呼地說完一大段話，喘著氣拉出一把椅子坐

下來稍歇。

「好了，最重要的部份。」看到小瑜開始休息，泳璇接著說下去：「權叔看到幽靈的那晚⋯⋯」

「快去打岔！別讓她說！」阿鬼焦急地催促著小瑜。

「權叔看到幽靈的那晚，孫同學幾乎被他撞破了吧？」小瑜唯有再次站起來，繼續當著阿鬼的傳聲筒。

被搶白的泳璇毫不介懷，反而繼續讓小瑜說下去。

「孫同學只能立即把蠟燭吹熄，躲進櫃子裡──呀！就像昨晚的我一樣！」小瑜也是這一秒才知道真相，因此露出驚歎的神色：「反正──權叔看到的男人，其實就是彭校長的肖像：隔著門上的玻璃、加上微弱的燭光，他只

能看到一個男人的輪廓；燭
火熄滅後，光源只剩窗外
透進來的月光；向著室
內的畫布沒有受光，所
以權叔走進來之後，除
了蠟燭熄掉留下的一縷白
煙外，甚麼都沒有發現。」

　　小瑜一口氣說完後，阿鬼終於閉上了嘴；
喘著氣的小瑜發現，阿鬼正以勝利的表情望著
泳璇。

　　「你在得意個甚麼？她又看不見你……」
她忍不住低聲嗆了阿鬼一句。

　　「孫同學前天發現我們開始調查，因此停
止了行動。」泳璇開始總結：「為了讓你釋慮，
我跟小瑜只好擺出這個空城計，在視藝班面前
假裝放棄，成功再次把你引出——幽靈終於束
手就擒了。」

阿鬼沒有再逼自己搶著發言，使小瑜鬆了一口氣。

　　泳璇臉上掛上了勝利的微笑。

　　「孫同學……你有甚麼要辯駁的嗎？」

　　「諸葛泳璇……我真的不明白，你怎麼就喜歡這種偵探遊戲？」孫頌賢苦笑著說：「小瑜就不像你那麼無聊……」

　　「喂，剛才解說的不正是周同學嗎？」泳璇有點哭笑不得。

　　「那接下來你要向老師告發我嗎？」孫頌賢語帶挑釁地向泳璇說：「『神探』……」

123

沒想到，泳璇一時語塞，説不出甚麼話來。

「……我可是……受了視藝班——你的同學所託，以學生會……的身份……」看來泳璇絲毫沒想過抓住孫頌賢之後要怎麼做，因此說話結巴起來。

你就是因為這樣，所以交不到朋友吧？——小瑜看到她的窘態，不禁想道。

「我們準備好了地方，讓你在下課後把彭校長的畫完成。」小瑜剛冒出一個想法，替兩人打圓場：「你就去我家的書房繼續作畫，把它完成送給彭校長吧！」

偶像居然邀請自己回家，孫頌賢驚喜得臉頰漲紅，好像魂魄離開了軀殼一般。

「你家的書房？」孫頌賢高

聲反問。

「嗯，我家的書房。」

「你家還有書房？」泳璇有點難以置信。

「你家沒有的嗎？」小瑜也很是詫異。

阿福按孫頌賢的指示，把畫架及用具放好，恭恭敬敬地離開了書房。

孫頌賢對小瑜感謝連連，然後調好顏料，細心地替彭校長的臉上色。小瑜見他專心起來，於是悄悄地離開了書房。

「這樣算是圓滿解決了吧？」她滿心歡喜地問著跟在她身旁的阿鬼。

「圓滿？這簡直是最壞的結局！」阿鬼非常生氣，朝小瑜吼道：「那傢伙是來幹甚麼的？」

阿鬼指向大廳的梳化：跟著他們回來的泳璇，借了數本小說，正坐在那裡聚精會神地閱

讀著。

「跟泳璇不是合作得挺好的嗎？」她皺起眉說道：「為甚麼你這麼討厭她？」

「這女孩不簡單，你可千萬別跟她交朋友。」阿鬼鄭重地警告。

小瑜對阿鬼吐舌做了個鬼臉，她才不會讓這隻麻煩鬼干預自己的生活。

她走到泳璇身旁坐下，發現她看小說看得津津有味的。

「那麼……有關我們之前的約定……」小瑜忍不住問道。

泳璇回過神來，望著小瑜沉默了好半晌。

「我有一個更好的建議……」她側著頭思考著：「要不你就跟我一起當學校的偵探？」

小瑜鼓起腮，沒有回答。

「謎團比女團更有趣，你也終於感受到了吧？」

「不。」小瑜倔強地搖搖頭。

「是吧？」泳璇無視了小瑜的話，微笑著說道；然後又繼續沉醉在小說中。

「你就答應她好了。」阿鬼忽然說了這麼一句。

你怎麼突然跟她同聲同氣了?! 大惑不解的小瑜把這句話打在電話上，塞到了阿鬼面前。

「你要給我光明正大地勝過諸葛……」阿鬼翹著雙手，對小瑜訓話道：「……不能依靠我，要憑自己的實力，在她的世界裡勝過她，你明白嗎？」

然而，小瑜完全聽不懂那是甚麼意思。

# 第十章

# 彭校長的最後一天

　　今天是彭校長工作的最後一天，全校師生都在禮堂集會，見證他最後的道別。

　　「……就這樣，希望各位繼續努力。」彭校長慈祥地說著：「接替我的鍾校長，也是個很有經驗的教育家，相信他必定會為聖美心紀念中學，帶來很多意想不到的改變。」

　　然後，鍾校長步上了講台。

　　這位新校長是個又高又瘦的中年男人，頭髮整齊往後梳起，金絲眼鏡背後的目光深邃莫測，似乎是個不苟言笑、嚴厲的師長。

　　鍾校長與彭校長握手示好後，標誌著兩人的交接。待彭校長下台後，鍾校長開始致辭說著自己的抱負。

　　台下，云云學生中，小瑜忍不住向 Angel

搭話。

「看來他也是個不錯的校長呀……」

「嗯，是呀。」Angel 敷衍地回答，因為她正在偷偷玩著電話，完全沒理會鍾校長的致辭。

此刻，小瑜卻發現，身旁的阿鬼帶著警誡眼神，死死盯著台上的鍾校長。

「怎麼了？又看他不爽嗎？」小瑜低聲問道。

「隨便吧。」Angel 以為小瑜問的是她，又再說了一句。

阿鬼卻點點頭。

「這人看起來有點不簡單。」他仔細打量著台上的鍾校長：「小心此人⋯⋯」

「你就不能學著相信人嗎？」小瑜聳了聳肩。

「沒有不相信⋯⋯只是我這種普通學生，跟校長沒甚麼交集的⋯⋯」Angel又再次沒頭沒腦地接上了小瑜的話。

◆　　◆　　◆　　◆　　◆

下課後，泳璇跟孫頌賢一同送彭校長離開，孫頌賢把畫作拿出，彭校長一臉欣慰地接過這份禮物。

然後，彭校長轉向了泳璇。

「『薔薇學社』那邊⋯⋯」他凝重地對泳璇叮囑道：「往後的事，就拜託你了。」

「死而後已。」泳璇緊握著扇子，敬重地向彭校長躬了躬。

孫頌賢完全不明白兩人在說些甚麼。

在遠處偷看的小瑜，更是完全聽不到他們的對話；只是見孫頌賢完成了給校長的禮物，也不禁替他感到欣喜。

終於，彭校長開著車離開校園，正式開始了他的退休生活；泳璇及孫頌賢亦站在停車場內，目送他們最尊敬的校長遠去。

「我們先回家了吧。」小瑜對身邊的阿鬼說：「週末我還要跟團員排舞……折騰了好幾天……要好好休息一下……」

「女團是甚麼東西？」阿鬼又開始喋喋不休起來：「你都還沒有告訴我……」

小瑜歎了一口氣……

「女團就是——」

「先別說那個。」阿鬼打斷了小瑜的話，

指向彭校長剛才駕車離開的方向：「那個會動的箱子……你每天坐著來回的那種，究竟是何種座駕？」

小瑜沒好氣地瞪了阿鬼一眼，急步離開校園，阿鬼急忙跟上，繼續沒完沒了地問這問那的。

小瑜不禁翻了一下白眼：雖然解決了「美術室幽靈」一事，只是她身邊的這隻麻煩鬼，看來一時三刻是撇不掉的了……

小瑜與阿鬼登上停泊在校門外的車子，一下揚長而去。

妙探鬼靈精

Spirit Detectives

01

美術室的幽靈

—— 完 ——

下回預告

# 妙探鬼靈精

Spirit Detectives

## 02

### 小瑜所屬的女團・F.I.V.E. 迎來了每月一次的公演!

　　不幸地,在演出前夕,F.I.V.E.隊長離奇遇襲。這位來去如風的施襲者,居然能在粉絲處處的公演場地,猶如「魅影」一樣來去無蹤⋯⋯

　　「魅影」更留下了犯罪預告,把餘下的四位隊員,都一一列為目標。為保護隊員以及自己的安全,小瑜唯有求助於泳璇及阿鬼。這一人一鬼再度出擊,竟然發現襲擊事件背後,原來牽涉到一年前在公演場地發生的一宗恐怖意外⋯⋯

第二期 2020 年 11 月出版

| | |
|---|---|
| 創作繪畫 | 余遠鍠 |
| 故事文字 | 何肇康 |
| 策劃 | YUYI |
| 編輯 | 小尾 |
| 設計 | faminik |
| 製作 | 知識館叢書 |
| 出版 | CREATION CABIN LTD. |
| | 荃灣沙咀道 11 至 19 號達貿中心 2 樓 201 室 |
| 電話 | 3158 0918 |
| 聯絡 | creationcabinhk@gmail.com |
| 發行 | 泛華發行代理有限公司 |
| | 香港新界將軍澳工業邨駿昌街 7 號 2 樓 |
| 印刷 | 高科技印刷集團有限公司 |
| 出版日期 | 2020 年 7 月 |
| ISBN | 978-988-74563-1-5 |
| 定價 | $68 |

出版

製作